AF405061

INAUGURATION SOLENNELLE

DANS LA SALLE DES SÉANCES DU CONSEIL MUNICIPAL

DES PLAQUES

CONSACRÉES PAR LE PARLEMENT

AUX

ARTISANS DE LA VICTOIRE

—

7 JUIN 1920

PARIS

IMPRIMERIE NATIONALE

—

MDCCCCXX

INAUGURATION SOLENNELLE

DANS LA SALLE DES SÉANCES DU CONSEIL MUNICIPAL

DES PLAQUES

CONSACRÉES PAR LE PARLEMENT

AUX

ARTISANS DE LA VICTOIRE

———

7 JUIN 1920

INAUGURATION SOLENNELLE

DANS LA SALLE DES SÉANCES DU CONSEIL MUNICIPAL

DES PLAQUES

CONSACRÉES PAR LE PARLEMENT

AUX

ARTISANS DE LA VICTOIRE

———

7 JUIN 1920

PARIS

IMPRIMERIE NATIONALE

———

MDCCCCXX

CONSEIL MUNICIPAL

DE PARIS

BUREAU

DU

CONSEIL MUNICIPAL DE PARIS

(ÉLU À L'OUVERTURE DE LA 3ᵉ SESSION ORDINAIRE DE 1919, LE 10 DÉCEMBRE).

Président. . . . . M. Adrien OUDIN.

Vice-Présidents. . . . . . . MM. DELAVENNE,
Alfred LALLEMENT.

Secrétaires . . . . MM. René FIQUET,
Michel MISSOFFE,
Jean DE CASTELLANE,
DE TASTES.

Syndic. . . . . M. AUCOC.

Chef du Cabinet du Président. . . . . M. René WEISS.
Chef du Secrétariat. . . . . M. GILLOUIN.
Chef du Secrétariat du Syndic . . . . M. E. MOREAUD.

ADMINISTRATION DE LA VILLE DE PARIS
ET DU DÉPARTEMENT DE LA SEINE.

Préfet de la Seine : M. A. AUTRAND.

Secrétaire général de la Préfecture de la Seine : M. AUBANEL.
Directeur du Cabinet du Préfet de la Seine : M. DARRAS.

Préfet de Police : M. RAUX.

Secrétaire général de la Préfecture de Police : M. PAOLI.
Directeur du Cabinet du Préfet de Police : M. Denis GINOUX.

SERVICES ADMINISTRATIFS :

Directeur des Finances : M. REBOUL.
Directeur de l'Enseignement primaire : M. LEFEBVRE.
Directeur des Services administratifs de l'Enseignement : M. GODARD.
Directeur des Affaires municipales & du Contentieux : M. MORLÉ.
Directeur des Affaires départementales : M. FERLET.
Directeur des Travaux : M. MALHERBE.
Directeur des Services d'Architecture, des Promenades & Plantations : M. GARNIER.
Inspecteur général des Services d'Architecture & d'Esthétique : M. BONNIER.
Receveur municipal : M. DE PONTICH.
Directeur du Personnel : M. RAIGA.
Directeur de l'Inspection générale : M. JAYOT.
Directeur des Travaux du Cadastre de Paris & des Contributions : M. DUBOST.
Directeur de l'Assistance Publique : M. MESUREUR.
Secrétaire général de l'Assistance Publique : M. GOULLEY.
Directeur de l'Octroi : M. QUENNEC.
Directeur de la Caisse de Crédit municipal : M. MAZE.
Directeur des Beaux-Arts & des Musées : M. FALCOU.
Directeur du Matériel : M. LABIE.
Directeur des Pompes funèbres : M. BAUDRY.
Directeur des Secrétariats du Conseil Municipal & du Conseil Général : M. DAULY.
Directeur de l'Hygiène, du Travail & de la Prévoyance sociale : M. CAZÉRE.
Directeur du Dispensaire d'Hygiène sociale & de Préservation antituberculeuse : M. GUILLON.
Contrôleur central : M. VACELET.
Directeur de l'Extension de Paris : M. DOUMERC.
Directeur de l'Approvisionnement général de Paris : M. CLAIRGEON

B

LISTE ALPHABÉTIQUE

DES

MEMBRES DU CONSEIL MUNICIPAL DE PARIS.

MM.

Achille (L.), négociant, *quartier des Archives* (iiie arrondissement), boulevard Beaumarchais, 37 (iiie).

Alpy, docteur en droit, avocat à la Cour d'appel, *quartier de l'Odéon* (vie arrondissement), rue Bonaparte, 68 (vie).

Andigné (d'), ancien officier de cavalerie, *quartier de la Muette* (xvie arrondissement), rue de Boulainvilliers, 49 (xvie).

Aucoc (Louis), négociant, *quartier Gaillou* (iie arrondissement), rue du Faubourg-Saint-Honoré, 217 (viiie).

Beaud (Augustin), négociant, *quartier Saint-Vincent-de-Paul* (xe arrondissement), boulevard de Magenta, 61 (xe).

Bellan (Léopold), négociant, *quartier du Mail* (iie arrondissement), rue des Jeûneurs, 30 (iie).

Béquet (Henri), négociant, *quartier Vivienne* (iie arrond¹), rue du Quatre-Septembre, 2 (iie).

Bérard (Albert), avocat à la Cour d'appel, *quartier Saint-Victor* (ve arrondissement), quai de Montebello, 21 (ve).

Besombes (Auguste), employé, *quartier de Grenelle* (xve arrondissement), passage des Entrepreneurs, 3 (xve).

Brunet (Frédéric), industriel, *quartier des Épinettes* (xviie arrondissement), rue Jean-Leclaire, 17 (xviie).

Caire (César), docteur en droit, avocat à la Cour d'appel, *quartier de l'Europe* (viiie arrondissement), rue de Constantinople, 39 (viiie).

Calmels, docteur en médecine, *quartier de la Salpétrière* (xiiie arrondissement), avenue des Gobelins, 22 (ve).

Castellane (Jean de), *quartier de l'École-Militaire* (viie arrondissement), rue de Babylone, 61 (viie).

Chausse, ébéniste, *quartier Sainte-Marguerite* (xie arrondissement), boulevard Diderot, 168 (xiie).

Chérioux (Adolphe), entrepreneur de maçonnerie, *quartier Saint-Lambert* (xve arrondissement), rue de l'Abbé-Groult, 95 (xve).

Clercq (Victor de), avocat à la Cour d'appel, *quartier du Val-de-Grâce* (ve arrondissement), boulevard Saint-Michel, 85 (ve).

Colly (Jean), imprimeur, *quartier de la Gare* (xiiie arrondissement), rue de Domrémy, 39 (xiiie).

Dausset (Louis), agrégé de l'Université, *quartier des Enfants-Rouges* (iiie arrondissement), place Saint-Georges, 22 (ixe).

Delavenne (Georges-Hilaire), négociant, *quartier du Gros-Caillou* (viie arrondissement), avenue de La Bourdonnais, 3 (viie).

Delsol (Louis), avocat à la Cour d'appel, *quartier du Petit-Montrouge* (xive arrondissement), boulevard Garibaldi, 33 (xve).

Denais (Joseph), avocat à la Cour d'appel, *quartier des Batignolles* (xviie arrondissement), rue de Tocqueville, 22 (xviie).

Deslandres, imprimeur typographe, *quartier de Croulebarbe* (xiiie arrondissement), rue Vulpian, 1 (xiiie).

B.

DESVAUX (Émile), journaliste, *quartier d'Amérique* (XIXᵉ arrondissement), rue des Fêtes, 7 (XIXᵉ).

DEVILLE, avocat à la Cour d'appel, *quartier Notre-Dame-des-Champs* (VIᵉ arrondissement), rue du Cherche-Midi, 101 (VIᵉ).

DHERBÉCOURT, sellier, *quartier de Clignancourt* (XVIIIᵉ arrondissement), rue de Trétaigne, 7 (XVIIIᵉ).

FAURE (Émile), industriel, *quartier du Bel-Air* (XIIᵉ arrondissement), rue Fabre-d'Églantine, 6 (XIIᵉ).

FIANCETTE, employé, *quartier du Combat* (XIXᵉ arrondissement), avenue Moderne, 1 (XIXᵉ).

FIANT (Georges), industriel, *quartier des Arts-&-Métiers* (IIIᵉ arrondissement), rue Dupetit-Thouars, 17 (IIIᵉ).

FIQUET (René), imprimeur, *quartier de la Folie-Méricourt* (XIᵉ arrondissement), rue de la Fontaine-au-Roi, 32 (XIᵉ).

FLEUROT (Paul), publiciste, *quartier du Jardin-des-Plantes* (Vᵉ arrondissement), avenue des Gobelins, 7 (Vᵉ).

FLORENT-MATTER (Eugène), homme de lettres, *quartier de l'Arsenal* (IVᵉ arrondissement), rue Laffitte, 40 (IXᵉ).

FONTENAY (Maurice DE), propriétaire, ancien officier, *quartier de Chaillot* (XVIᵉ arrondissement), avenue de Malakoff, 9 (XVIᵉ).

FROMENT-MEURICE (François), industriel, *quartier de la Madeleine* (VIIIᵉ arrondissement), rue Albéric-Magnard, 3 (XVIᵉ).

GARCHERY (Jean), employé de commerce, *quartier de Picpus* (XIIᵉ arrondissement), boulevard de Reuilly, 16 (XIIᵉ).

GAY, publiciste, *quartier de la Porte-Dauphine* (XVIᵉ arrondissement), rue de Sfax, 4 (XVIᵉ).

GODIN (Pierre), conseiller-maître à la Cour des Comptes, *quartier Saint-Georges* (IXᵉ arrondissement), rue Cambon, 13 (Iᵉʳ).

GRANGIER, représentant de commerce, *quartier de Plaisance* (XIVᵉ arrondissement), avenue du Maine, 174 (XIVᵉ).

GUILLAUMIN (Georges), avocat à la Cour d'appel, *quartier du Faubourg-du-Roule* (VIIIᵉ arrondissement), rue de Londres, 50 (VIIIᵉ).

HAZELER (Henri), industriel, *quartier de la Porte-Saint-Martin* (Xᵉ arrondissement), boulevard de Strasbourg, 64 (Xᵉ).

HÉNAFFE, graveur, *quartier de la Santé* (XIVᵉ arrondissement), rue de la Tombe-Issoire, 36 (XIVᵉ).

HÉRAUD (Marcel), avocat à la Cour d'appel, *quartier Saint-Germain-des-Prés* (VIᵉ arrondissement), boulevard Saint-Germain, 189 (VIIᵉ).

JOLY (Charles), instituteur, *quartier de la Chapelle* (XVIIIᵉ arrondissement), rue Marc-Séguin, 35 (XVIIIᵉ).

JOUSSELIN, rentier, *quartier des Ternes* (XVIIᵉ arrondissement), avenue de la Grande-Armée, 64 (XVIIᵉ).

LALLEMENT (Alfred), ancien directeur d'école communale, *quartier Saint-Ambroise* (XIᵉ arrondissement), rue Bretonneau, 9 (XXᵉ).

LALOU, avocat à la Cour d'appel, *quartier de la Monnaie* (VIᵉ arrondissement), boulevard Saint-Michel, 6 (VIᵉ).

LAMBERT (René), avocat à la Cour d'appel, *quartier de Rochechouart* (IXᵉ arrondissement), passage de l'Élysée-des-Beaux-Arts, 10 (XVIIIᵉ).

LATOUR (François), avocat à la Cour d'appel, *quartier du Montparnasse* (XIVᵉ arrondissement), boulevard du Montparnasse, 84 (XIVᵉ).

LAURENT (Fernand), rédacteur en chef de « la Liberté », *quartier d'Auteuil* (XVIᵉ arrondissement), rue de Lubeck, 40 (XVIᵉ).

LE CORBEILLER, avocat, *quartier Saint-Merri* (IVᵉ arrondissement), rue de Grenelle, 81 (VIIᵉ).

LEFÉBURE (Auguste), fabricant de dentelles, *quartier de la Place-Vendôme* (Iᵉʳ arrondissement), rue de Rivoli, 180 (Iᵉʳ).

LEMARCHAND (Georges), ancien agent technique du service des Travaux de Paris, *quartier Notre-Dame* (IVᵉ arrondissement), rue Le Regrattier, 28 (IVᵉ).

LE MENUET (Ferdinand), commerçant, *quartier Saint-Germain-l'Auxerrois* (Iᵉʳ arrondissement), rue de Lyon, 2 *bis* (XIIᵉ).

LE TROQUER, avocat à la Cour d'appel, *quartier des Quinze-Vingts* (XIIᵉ arrondissement), rue Saint-Jacques, 31 (Vᵉ).

LEVÉE, industriel, *quartier du Palais-Royal* (1er arrondissement), rue de Rivoli, 176 (1er).

LHENRY, chocolatier, *quartier du Pont-de-Flandre* (XIXe arrondissement), rue Rouvet, 14 (XIXe).

LOYAU (Alphonse), mécanicien, *quartier du Père-Lachaise* (XXe arrondissement), rue Dupont-de-l'Eure, 5 (XXe).

LUQUET (Alexandre), journaliste, *quartier de Belleville* (XXe arrondissement), rue des Envierges, 22 (XXe).

MASSARD (Émile), publiciste, *quartier de la Plaine-Monceau* (XVIIe arrondissement), boulevard Pereire, 58 (XVIIe).

MISSOFFE (Michel), avocat à la Cour d'appel, *quartier des Champs-Élysées* (VIIIe arrondissement), boulevard Malesherbes, 190 *ter* (XVIIe).

MORIN (Jean), employé, *quartier de Bercy* (XIIe arrondissement), rue de Charenton, 206 (XIIe).

OUDIN (Adrien), docteur en droit, avocat à la Cour d'appel, *quartier de la Chaussée-d'Antin* (IXe arrondissement), rue de Varenne, 86 (VIIe).

PARIS, ouvrier charron, *quartier de la Villette* (XIXe arrondissement), rue de Flandre, 33 (XIXe).

PEUCH (Louis), ancien directeur d'école communale, *quartier Sainte-Avoie* (IIIe arrondissement), rue de Turbigo, 30 (IIIe).

POINTEL (Georges), négociant en matériaux, *quartier du Faubourg-Montmartre* (IXe arrondissement), rue Cadet, 3 *bis* (IXe).

POIRY, peintre d'enseignes & décorateur, *quartier de Javel* (XVe arrondissement), rue des Bergers, 16 (XVe).

PUYMAIGRE (DE), lieutenant-colonel en retraite, *quartier des Invalides* (VIIe arrondissement), rue de Constantine, 7 (VIIe).

QUENTIN (Maurice), docteur en droit, avocat à la Cour d'appel, *quartier des Halles* (1er arrondissement), rue du Louvre, 44 (1er).

RAFIGNON (Jules), chef de bureau honoraire à la Préfecture de la Seine, *quartier de la Porte-Saint-Denis* (Xe arrondissement), rue du Faubourg-Saint-Martin, 72 (Xe).

REBEILLARD, inspecteur départemental des Enfants-Assistés (E. D.), *quartier de Bonne-Nouvelle* (IIe arrondissement), rue de Palestro, 1 (IIe).

REISZ, mécanicien, *quartier de Charonne* (XXe arrondissement), rue de Buzenval, 48 (XXe).

RENAULT (Camille), dessinateur en ameublements, *quartier de la Roquette* (XIe arrondissement), rue Mont-Louis, 4 (XIe).

RENDU (Ambroise), docteur en droit, avocat à la Cour d'appel, *quartier Saint-Thomas-d'Aquin* (VIIe arrondissement), rue du Bac, 108 (VIIe).

RIOTOR (Léon), homme de lettres, *quartier Saint-Gervais* (IVe arrondissement), quai de Béthune, 26 (IVe).

ROBAGLIA (Barthélemy), capitaine de frégate de réserve, avocat à la Cour d'appel, *quartier de la Sorbonne* (Ve arrondissement), boulevard Saint-Michel, 16 (VIe).

ROËLAND (Clément), vétérinaire, *quartier de l'Hôpital Saint-Louis* (Xe arrondissement), rue des Écluses-Saint-Martin, 30 (Xe).

ROUSSELLE (Henri), commissionnaire en vins, *quartier de la Maison-Blanche* (XIIIe arrondissement), rue Hallé, 34 (XIVe).

SELLIER (Louis), commis des Postes, *quartier de la Goutte-d'Or* (XVIIIe arrondissement), rue Myrrha, 52 (XVIIIe).

TASTES (Lionel DE), avocat à la Cour d'appel, *quartier Necker* (XVe arrondissement), rue Brown-Séquard, 9 (XVe).

TÉNEVEAU, mécanicien, *quartier Saint-Fargeau* (XXe arrondissement), rue du Télégraphe, 3 (XXe).

VARENNE (Jean), journaliste, *quartier des Grandes-Carrières* (XVIIIe arrondissement), rue de Maistre, 50 (XVIIIe).

Le Bureau du Conseil Municipal a décidé de publier la Relation de la solennité au cours de laquelle ont été inaugurées, dans la Salle des Séances du Conseil, les plaques consacrées par le Parlement aux Artisans de la Victoire.

M. René Weiß, Chef du Cabinet du Président du Conseil Municipal, a été chargé de la rédaction de l'ouvrage.

A Municipalité de Paris a, en exécution des lois votées par le Parlement les 17 novembre 1918 & 20 février 1920, inauguré solennellement les plaques consacrées aux Artisans de la Victoire. Voici le texte de ces lois qui doit être «gravé pour demeurer permanent dans toutes les mairies & dans toutes les écoles de la République» :

LES ARMÉES ET LEURS CHEFS ;

LE GOUVERNEMENT DE LA RÉPUBLIQUE ;

LE CITOYEN GEORGES CLEMENCEAU, PRÉSIDENT DU CONSEIL, MINISTRE DE LA GUERRE ;

LE MARÉCHAL FOCH, GÉNÉRALISSIME DES ARMÉES ALLIÉES, ONT BIEN MÉRITÉ DE LA PATRIE.

    (Loi du 17 novembre 1918.)

M. RAYMOND POINCARÉ, PRÉSIDENT DE LA RÉPUBLIQUE FRANÇAISE PENDANT LA GUERRE, A BIEN MÉRITÉ DE LA PATRIE.

    (Loi du 20 février 1920.)

Le Bureau du Conseil Municipal décida que ces plaques seraient apposées dans la Salle des Séances du Conseil Municipal.

M. Adrien Oudin, Président de l'Assemblée communale, se rendit auprès de MM. Raymond Poincaré, Georges Clemenceau & de M. le Maréchal Foch, pour les prier de vouloir bien assister à la cérémonie d'inauguration. MM. Raymond Poincaré, Georges Clemenceau, le Maréchal Foch acceptèrent avec le plus grand empressement l'invitation du Président du Conseil Municipal, & la solennité, d'accord avec eux, fut fixée au lundi 7 juin 1920, 3 heures.

A cette cérémonie, hommage particulier de Paris aux Artisans de la Victoire, & qui devait conserver un caractère exclusivement municipal, le Bureau du Conseil décida de convier les Présidents & les Membres des Bureaux du Sénat & de la Chambre des Députés, les anciens Ministres & Sous-Secrétaires d'État du Cabinet Clemenceau, les anciens Présidents du Conseil des Ministres pendant la guerre, les Membres du Conseil supérieur de la Guerre, les Maréchaux Joffre & Pétain, les anciens Gouverneurs militaires de Paris, l'Archevêque de Paris, le Grand Rabbin de France, les Présidents des Consistoires des Églises réformées, les Membres du Comité de défense du Camp retranché de Paris, les Sénateurs & Députés de la Seine, les anciens Préfets de la Seine & de Police, les Maires & Maires-Adjoints des Arrondissements de Paris, les représentants des grands Corps constitués, les membres du Conseil de l'Ordre des Avocats, les membres de la Chambre de Commerce de Paris, les Conseillers de Préfecture de la Seine, le Président de la Société des Gens de lettres, le Président de l'Association des Parisiens de Paris, les Présidents des grandes Associations de Combattants, l'Abbé Gauthier, Curé de l'Église Saint-Gervais qui fut bombardée le Vendredi saint de 1918, les Directeurs des grands journaux, les Directeurs de la Préfecture de la Seine & de la Préfecture de Police, les représentants de la Presse accrédités au Conseil Municipal.

La loi votée par le Parlement le 17 novembre 1918 disposant que les « Armées & leurs Chefs » avaient bien mérité de la Patrie, le Bureau décida qu'aux côtés des chefs, des délégations de soldats représentant chacune des armes de l'Armée assisteraient à cette solennité.

M. RAYMOND POINCARÉ

(Photographie Bert)

M. RAYMOND POINCARÉ

(Photographie Bert)

Le 7 juin, la décoration de l'Hôtel de Ville est celle des grands jours : les Salons de l'Hôtel de Ville & la Cour Louis XIV sont ornés de magnifiques plantes vertes. Aux fenêtres du Palais communal sont fixés des trophées de drapeaux tricolores.

Dans la Salle des Séances, les deux plaques, hommage de la France aux Artisans de la Victoire, sont apposées de chaque côté du grand portail au-dessus duquel pendent des drapeaux bleu, blanc, rouge, reliés par des draperies tricolores & des guirlandes de feuillage qui se prolongent jusqu'aux plaques & les encadrent. Les deux plaques demeureront dissimulées sous des voiles de soie jaune jusqu'à l'heure de l'inauguration. Au-dessous des drapeaux a été fixé un écusson aux armes de Paris. A gauche de la plaque glorifiant les Armées, le Gouvernement de la République, M. Georges Clemenceau & le Maréchal Foch, ont été placés le buste du Président Adrien Mithouard & les motifs décoratifs consacrés à Pierre Quentin-Bauchart & Charles Fillion, Conseillers municipaux morts au champ d'honneur.

A 2 heures trois quarts, MM. Adrien Oudin, Président du Conseil Municipal; A. Autrand, Préfet de la Seine; Raux, Préfet de Police; Louis Dausset, Sénateur, Président du Conseil Général; Delavenne, Alfred Lallement, Vice-Présidents; René Fiquet, Michel Missoffe, de Castellane, de Tastes, Secrétaires du Conseil Municipal; Aucoc, Syndic du Conseil, reçoivent à leur arrivée à l'Hôtel de Ville, au pied du perron, successivement : MM. Raymond Poincaré, Georges Clemenceau, le Maréchal Foch, & leur expriment les souhaits de bienvenue de la Ville de Paris.

Les Représentants de la Municipalité les conduisent aussitôt dans la Salle des Prévôts où se trouvent déjà, ayant répondu à l'invitation de la Municipalité :

M. Léon Bourgeois, Président du Sénat;

M. Raoul Péret, Président de la Chambre des Députés;

M. Boivin-Champeaux, Vice-Président du Sénat;

MM. Pams, Georges Leygues, Lafferre, Léon Bérard, Claveille, Clémentel, Noulens, Henry Simon, Paul Jourdain, Loucheur, Lebrun, André Tardieu, anciens Ministres du Cabinet Clemenceau;

MM. Jeanneney, Paul Morel, Albert Favre, Charles Sergent, Édouard Ignace, Jules Cels, Vilgrain, Louis Deschamps, Le Trocquer, anciens Sous-Secrétaires d'État du Cabinet Clemenceau;

Arrivée de M. Raymond POINCARÉ à l'Hôtel de Ville.
(Photographie M. Rol.)

M. Georges Mandel, Député, ancien Chef du Cabinet du Président du Conseil des Ministres;

M. Godin, Conseiller Municipal, ancien Chef du Cabinet civil du Ministre de la Guerre;

M. de Selves, ancien Ministre des Affaires étrangères, ancien Préfet de la Seine;

M. le Maréchal Pétain;

M. GEORGES CLEMENCEAU

(Photographie Henri Manuel.)

M. GEORGES CLEMENCEAU

(Photographie Henri Manuel.)

Manuel Pinet.
Papernet sc

MM. les Généraux Nivelle, Maistre, Mangin, Degoutte, Membres du
Conseil Supérieur de la Guerre;

M. le Général Debeney, Directeur de l'École de Guerre;

M. le Général Dubail, Grand Chancelier de la Légion d'Honneur;

M. le Général Florentin, ancien Grand Chancelier;

Arrivée de M. Clemenceau à l'Hôtel de Ville.
(Photographie M. Rol.)

M. le Général Berdoulat, Gouverneur militaire de Paris;

M. le Général Weygand, Chef d'État-Major du Maréchal Foch;

M. le Général Trouchaud, Commandant supérieur de la Défense de
Paris;

M. le Général Laignelot, Commandant le Département de la Seine;

M. le Général Fillonneau, Directeur de l'École Polytechnique;

M. le Général Tanant, Directeur de l'École de Saint-Cyr;

M. le Général Simon, Chef d'État-Major du Gouvern eur militaire de Paris;

Arrivée du Maréchal FOCH à l'Hôtel de Ville.
(Photographie Henri Manuel.)

M. le Général Bonneau, Chef d'État-Major du Général commandant la place de Paris;

. M. le Général Durupt;

M. le Vice-Amiral Salaün, Chef d'État-Major général de la Marine;

M. LE MARÉCHAL FOCH

(Photographie Melcy.)

M. LE MARÉCHAL FOCH

(Photographie Melcy.)

Sisley Phot

M. le Colonel Duchêne, Chef du Cabinet du Maréchal Pétain;

MM. René Renoult, Paul Strauss, Sénateurs, anciens membres du Comité de défense du Camp retranché de Paris;

Arrivée du Maréchal Pétain à l'Hôtel de Ville.
(Photographie Henri Manuel.)

MM. Deloncle, Magny, Mascuraud, Raphaël-Georges Lévy, Sénateurs de la Seine;

MM. Maurisson, Erlich, Secrétaires de la Chambre des Députés;

MM. Barbé, Bertrand, Maurice Binder, Bussat, Calary de Lamazière,

Chassaigne-Goyon, Chéron, Duval-Arnould, Galli, Marcel Habert, Paté, Pilate, Députés de la Seine;

M. Laurent, ancien Préfet de Police;

Le Colonel Douce, Sous-Chef d'État-Major du Gouverneur militaire de Paris;

Le Colonel Dumolin, Chef d'État-Major du Général commandant le Département de la Seine;

Le Colonel Somprou, commandant la Légion de la Garde républicaine;

Le Lieutenant-colonel Pouderoux, commandant provisoirement le Corps des Sapeurs-Pompiers de Paris;

Le Chef d'escadron Denis, commandant la Gendarmerie de Paris.

Après l'arrivée de MM. Poincaré, Clemenceau & de M. le Maréchal Foch, le cortège se forme, précédé de deux huissiers du Conseil Municipal.

En tête marchent M. Aucoc, Syndic du Conseil Municipal, & M. Falcou, Directeur des Beaux-Arts & des Musées, Commissaire général des Fêtes.

MM. Raymond Poincaré, Georges Clemenceau & le Maréchal Foch sont encadrés par M. Adrien Oudin, Président du Conseil Municipal, & M. A. Autrand, Préfet de la Seine. Derrière suivent M. Raux, Préfet de Police; M. Dausset, Sénateur, Président du Conseil Général; les personnalités ci-dessus mentionnées, ainsi que les Membres des Bureaux du Conseil Municipal de Paris & du Conseil Général de la Seine.

Le cortège traverse la Cour Louis XIV, le Salon Willette, gravit le grand escalier d'honneur Sud, sur les marches duquel les gardes municipaux en culotte blanche & portant le gant à crispin se tiennent immobiles, sabre au clair, tandis que retentissent les sonneries des fanfares de la Garde républicaine placée dans le Salon des Cariatides, traverse le Salon Puvis de Chavannes, la Galerie Galand, pénètre dans la Galerie du Conseil Municipal & entre dans le Cabinet du Président de l'Assemblée communale.

Dans le Cabinet du Président, MM. Raymond Poincaré, Georges Clemenceau & M. le Maréchal Foch sont invités à apposer leur signature sur le Livre d'or de la Ville de Paris, ainsi que M. Léon

Arrivée de S. Ém. le Cardinal AMETTE, Archevêque de Paris, à l'Hôtel de Ville.

(Photographie Henri Manuel.)

Bourgeois, Président du Sénat, M. Raoul Péret, Président de la Chambre des Députés, les anciens Ministres & Sous-Secrétaires d'État du Cabinet Clemenceau, le Maréchal Pétain, les Généraux Nivelle, Maistre, Mangin, Degoutte, Debeney, Dubail, Florentin, Berdoulat, Weygand,

Trouchaud, Laignelot, Fillonneau, Tanant, Simon, Bonneau, Durupt, le Vice-Amiral Salaün.

Sur le Livre d'or sont invités à signer également les soldats représentant les différentes armes de l'Armée française, qui ont été introduits dans le Cabinet du Président du Conseil Municipal. Cette délégation — tous ceux qui la composent portent la fourragère & la Croix de guerre — a été ainsi constituée d'ordre du Ministre de la Guerre, par le Gouverneur militaire de Paris :

6ᵉ Division d'Infanterie :

Soldat Frion, *du 5ᵉ régiment d'Infanterie;*
Caporal Menauge, *du 24ᵉ régiment d'Infanterie;*
Soldat Gouellain, *du 119ᵉ régiment d'Infanterie.*

7ᵉ Division d'Infanterie :

Caporal Révillon, *du 103ᵉ régiment d'Infanterie;*
Soldat Baizun, *du 103ᵉ régiment d'Infanterie;*
Soldat Pelletier, *du 103ᵉ régiment d'Infanterie.*

10ᵉ Division d'Infanterie :

Caporal Moulin, *du 89ᵉ régiment d'Infanterie;*
·Soldat Daudu, *du 31ᵉ régiment d'Infanterie;*

5ᵉ Brigade Coloniale :

Caporal Liautard, *du 21ᵉ régiment d'Infanterie coloniale;*
Soldat Knoche, *du 23ᵉ régiment d'Infanterie coloniale.*

2ᵉ Brigade de Cuirassiers :

Cavalier Monterignard, *du 11ᵉ régiment de Cuiraßiers.*

26ᵉ Bataillon de Chaßeurs à pied (Groupe cycliste de la 5ᵉ Division de Cavalerie), chasseur Leriche.

1ᵉʳ régiment du Génie, sapeur Dessert.

82ᵉ régiment d'Artillerie lourde, brigadier Avarre.

22ᵉ régiment d'Artillerie de campagne, canonnier Bibette.

503ᵉ régiment d'Artillerie d'aßaut, brigadier Bernichtier.

Aviation : soldat Tellier, *du 4ᵉ régiment d'Aviation* du Bourget.

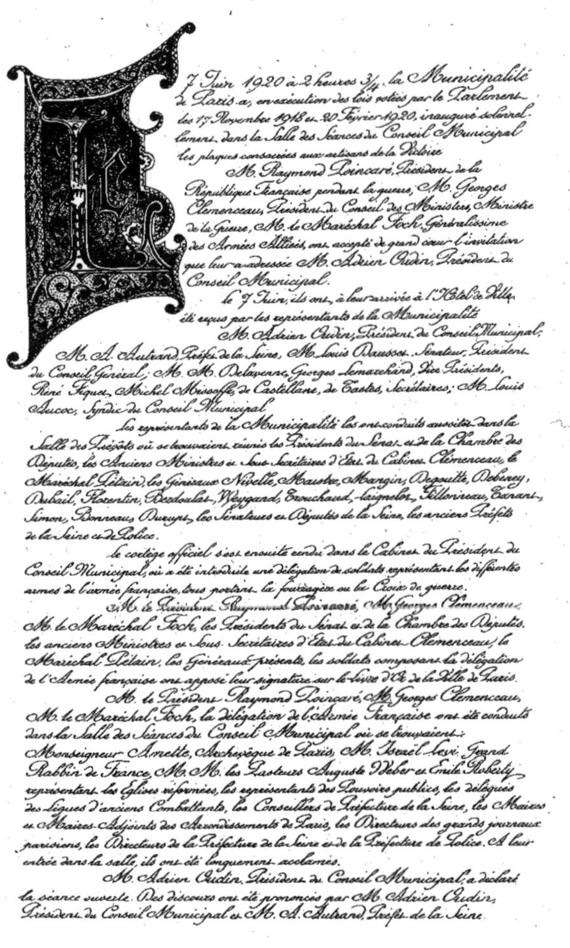

Le 7 Juin 1920 à 2 heures 3/4, la Municipalité de Paris a, en exécution des lois votées par le Parlement les 17 Novembre 1918 et 20 Février 1920, inauguré solennellement dans la Salle des Séances du Conseil Municipal les plaques consacrées aux artisans de la Victoire.

M. Raymond Poincaré, Président de la République Française pendant la guerre, M. Georges Clemenceau, Président du Conseil des Ministres, Ministre de la Guerre, M. le Maréchal Foch, Généralissime des Armées Alliées, ont accepté de grand cœur l'invitation que leur a adressée M. Adrien Oudin, Président du Conseil Municipal.

Le 7 Juin, ils ont, à leur arrivée à l'Hôtel de Ville, été reçus par les représentants de la Municipalité : M. Adrien Oudin, Président du Conseil Municipal; M. A. Autrand, Préfet de la Seine, M. Louis Dausset, Sénateur, Président du Conseil Général; M. M. Delavenne, Georges Lemarchand, Vice-Présidents, René Fiquet, Michel Missoffe, de Castellane, de Castex, Secrétaires; M. Louis Aucoc, Syndic du Conseil Municipal.

Les représentants de la Municipalité les ont conduits aussitôt dans la Salle des Préfets où se trouvaient réunis les Présidents du Sénat et de la Chambre des Députés, les Anciens Ministres et Sous-Secrétaires d'État du Cabinet Clemenceau, le Maréchal Pétain, les Généraux Nivelle, Maistre, Mangin, Degoutte, Debeney, Dubail, Florentin, Berdoulat, Weygand, Brouchaud, Laignelot, Fillonneau, Tarant, Simon, Bonneau, Duruys, les Sénateurs et Députés de la Seine, les anciens Préfets de la Seine et de Police.

Le cortège officiel s'est ensuite rendu dans le Cabinet du Président du Conseil Municipal, où a été introduite une délégation de soldats représentant les différentes armes de l'armée française, tous portant la fourragère ou la Croix de guerre.

M. le Président Raymond Poincaré, M. Georges Clemenceau, M. le Maréchal Foch, les Présidents du Sénat et de la Chambre des Députés, les anciens Ministres et Sous-Secrétaires d'État du Cabinet Clemenceau, le Maréchal Pétain, les Généraux présents, les soldats composant la délégation de l'Armée française ont apposé leur signature sur le Livre d'Or de la Ville de Paris.

M. le Président Raymond Poincaré, M. Georges Clemenceau, M. le Maréchal Foch, la délégation de l'Armée Française ont été conduits dans la Salle des Séances du Conseil Municipal où se trouvaient : Monseigneur Amette, Archevêque de Paris, M. Israël Levi, Grand Rabbin de France, M. M. les Pasteurs Auguste Weber et Émile Roberty représentant les Églises réformées, les représentants des Pouvoirs publics, les délégués des Ligues d'anciens Combattants, les Conseillers de Préfecture de la Seine, les Maires et Maires-Adjoints des Arrondissements de Paris, les Directeurs des grands journaux parisiens, les Directeurs de la Préfecture de la Seine et de la Préfecture de Police. À leur entrée dans la salle, ils ont été longuement acclamés.

M. Adrien Oudin, Président du Conseil Municipal, a déclaré la séance ouverte. Des discours ont été prononcés par M. Adrien Oudin, Président du Conseil Municipal et M. A. Autrand, Préfet de la Seine.

Fac-similé du parchemin
signé en commémoration de l'inauguration dans la Salle des Séances du Conseil Municipal
des plaques consacrées par le Parlement aux Artisans de la Victoire.

La séance a été ensuite levée.

M. le Président Raymond Poincaré, M. Georges Clemenceau, M. le Maréchal Foch et les personnalités présentes ont été conduits dans le Salon des Lettres, des Sciences et des Arts, où un toast a été porté par M. Adrien Oudin, Président du Conseil Municipal.

Le Président du Conseil Municipal

Les Vice-Présidents

Le Préfet de la Seine

Le Secrétaire

Les Secrétaires

Le Préfet de Police

Le Président du Conseil Général de la Seine

Toutes les personnalités présentes, à l'exception de MM. Raymond Poincaré, Georges Clemenceau, de M. le Maréchal Foch & de la Délégation de l'Armée française, sont conduites dans la Salle des Séances du Conseil Municipal & invitées à prendre place sur les fauteuils — en bois sculpté & doré de style Louis XIV recouverts de tapisserie d'Aubusson aux armoiries de Paris — & sur les chaises dorées qui leur sont réservés dans la Salle.

Les Représentants de la Municipalité de Paris & le Maréchal FOCH.
(Photographie Henri Manuel.)

M. Adrien Oudin, Président du Conseil Municipal, monte au fauteuil présidentiel. Il a à sa droite : M. A. Autrand, Préfet de la Seine; M. Louis Dausset, Sénateur, Président du Conseil Général; MM. René Fiquet & de Tastes, Secrétaires du Conseil Municipal; à sa gauche : M. Raux, Préfet de Police; M. Aucoc, Syndic du Conseil Municipal; MM. Michel Missoffe & de Castellane, Secrétaires du Conseil Municipal.

Dans la Salle des Séances, les Conseillers municipaux sont à leur place. Dans la Salle se trouvent également, aux fauteuils & chaises disposés à leur intention, les invités de la Municipalité, qui ont répondu en grand nombre à son appel :

Mgr Amette, Archevêque de Paris;

M. Israël Lévi, Grand Rabbin de France;

M. le Pasteur Auguste Weber, Président du Consistoire des Églises réformées;

M. le Pasteur Émile Roberty, représentant M. le Pasteur Vernes, Président de l'Union Consistoriale des Églises réformées;

M. Hébrard de Villeneuve, Vice-Président du Conseil d'État;

M. Sarrut, Premier Président de la Cour de Cassation;

M. Bulot, Procureur général près cette même Cour;

M. Payelle, Premier Président près la Cour des Comptes;

M. Bloch, Procureur général près cette même Cour;

M. Paul André, Premier Président de la Cour d'Appel;

M. Lescouvé, Procureur général près cette même Cour;

M. Appell, Recteur de l'Académie de Paris;

M. Grunebaum-Ballin, Président du Conseil de Préfecture de la Seine;

M. Servin, Président du Tribunal civil;

M. Scherdlin, Procureur de la République près le Tribunal de 1re instance;

M. Cormier, Président du Tribunal de Commerce;

M. Pascalis, Président de la Chambre de Commerce;

MM. de Moüy, Colson, Tissier, Romieu, de Rouville, Présidents de section au Conseil d'État;

M. Mennesson, Bâtonnier de l'Ordre des Avocats;

MM. Cartier, Bourdillon, Raoul Rousset, Busson-Billault, Demange, Louis Binoche, Albert Salles, Eugène Crémieux, Paul Duroyaume, William Thorp, Marreaux-Delavigne, Lucien Baudelot, David Cogniet, Léouzon

Le Duc, Henri Chatenet, Membres du Conseil de l'Ordre des Avocats;
Gaston Duveau, Secrétaire de l'Ordre;

M. Edmond Haraucourt, Président de la Société des Gens de lettres;

La Salle des Séances du Conseil Municipal lors de l'inauguration des plaques
consacrées par le Parlement aux Artisans de la Victoire.

M. Adrien OUDIN occupe le fauteuil présidentiel, ayant à sa droite : M. A. AUTRAND, Préfet de la Seine; M. Louis DAUSSET, Sénateur, Président du Conseil Général; MM. René PIQUET & DE TASTES, Secrétaires; — à sa gauche : M. RAUX, Préfet de Police; M. Louis AUCOC, Syndic du Conseil Municipal; MM. Michel MISSOFFE & DE CASTELLANE, Secrétaires du Conseil Municipal. En face de lui sont assises les personnalités officielles (voir page 21).

(Photographie Harlingue.)

M. Allouard, Président de l'Association des Parisiens de Paris;

M. l'Abbé Gauthier, Curé de l'église Saint-Gervais;

Le Père Delaage, Archiprêtre de Notre-Dame;

MM. Roger, Proust, Vice-Présidents de la Chambre de commerce; Darras, Godet, Secrétaires; Legouez, Trésorier; Depinoix, Sauvage, Poullain, Baudet, Belin, Bertaut, Borderel, Bouche, Contenot, Corby, Dechavanne, Félix, Gaillard, Kempf, Lemy, Marcilhacy, Margot, Masse, Petiet, Richemond, Sébastien, Soury, Speyer, Tardieu, Templier, Villemin, Membres de la Chambre de commerce;

M. Bellamy, Président du Conseil des Prud'hommes;

Les Représentants des Ligues d'anciens Combattants : MM. Raymond, Président de l'*Amicale des Évadés;* Wateau, Président, & le Capitaine Dalsace, Secrétaire de l'*Union des Combattants de l'air;* de Senéchal, Président des *Camarades de Combat;* R.-M. Barthie, Secrétaire général de la *Ligue des Combattants volontaires;* Charles Bertrand, Secrétaire général de l'*Union nationale des Combattants;* Merlé, Président des *Combattants de la Grande Guerre;* Linville, Président du *Poilu de France;* le Général de Trentinian, Président de *La Coloniale;* Jacques Boulenger, Président, & José Germain, Vice-Président de l'*Association des Écrivains combattants;* Clark, Secrétaire de l'*Union des Combattants de l'Industrie hôtelière;* Lemoine, Président de la *Fédération des anciens Combattants des deux Préfectures;* Demont, Président de l'*Association générale des Officiers de complément;* De Brémont, Président de l'*Union nationale des Officiers de complément;* Binet-Valmer, Vice-Président de la *Ligue des Chefs de Section & des Soldats combattants;* Riochet, Président de la *Ligue des anciens Combattants & Mobilisés de l'Octroi de Paris;* Bonnet, Président de l'*Union des anciens Combattants de la Préfecture de Police;* Albertini, Président de l'*Union des anciens Combattants de la C. P. D. E.;* Charles Durand, Président de la *Société amicale des anciens Combattants de l'Assistance publique.*

Ont également répondu à l'invitation de la Municipalité & ont pris place dans la Salle des Séances : les Conseillers de Préfecture de la Seine, les Maires & Maires-Adjoints des arrondissements de Paris, les Directeurs des grands Journaux parisiens, les Directeurs de la Préfecture de la Seine & de la Préfecture de Police.

Au centre de la tribune qui se trouve au fond de la Salle des Séances du Conseil Municipal, qui a été drapée de velours vieil or, Mme la

M. ADRIEN OUDIN

Président du Conseil Municipal de Paris

(Photographie Pirou, rue Royale.)

M. ADRIEN OUDIN

PRÉSIDENT DU CONSEIL MUNICIPAL DE PARIS

(Photographie Piron, rue Royale.)

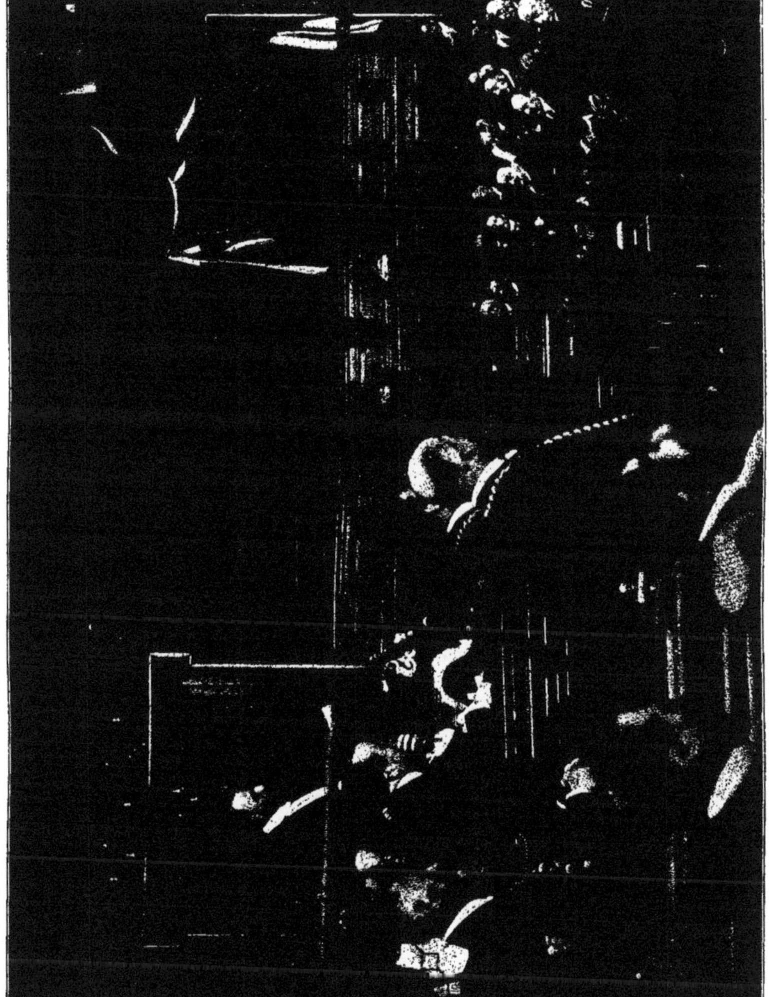

M. Adrien OUDIN, Président du Conseil Municipal, prononçant son discours.
(Photographie Harlingue.)

Maréchale Foch a à sa droite Mmes Adrien Oudin, Raux, Delavenne, Fiquet, de Tastes; à sa gauche, Mmes Autrand, Lallement, Aucoc, de Castellane.

Derrière elles sont assises les femmes des Conseillers municipaux de Paris & des Conseillers généraux de la Seine. Dans la tribune voisine de celle de la Presse ont pris place les femmes des Directeurs de la Préfecture de la Seine. Les journalistes accrédités à l'Hôtel de Ville occupent leur tribune.

A 3 heures un quart, un huissier annonce :

« M. le Président Raymond Poincaré, M. le Président Georges Clemenceau, M. le Maréchal Foch, la Délégation de l'Armée française. »

MM. Raymond Poincaré, Georges Clemenceau, le Maréchal Foch & les soldats représentant les différentes armes de l'Armée française sont introduits dans la Salle des Séances, tandis que la Garde républicaine, installée dans le salon attenant à la Salle des Séances du Conseil Municipal, fait entendre la *Marseillaise*.

Toute l'assistance se lève. Une ovation prolongée les salue; de toutes parts retentissent les cris de « Vive Poincaré! », « Vive Clemenceau! », « Vive Foch! », « Vive l'Armée! », « Vive la France! ».

M. Raymond Poincaré prend place au centre de la première rangée de fauteuils. Il a à sa droite : M. Georges Clemenceau; M. Léon Bourgeois, Président du Sénat; MM. Pams, Le Trocquer, Paul Jourdain, anciens Ministres du Cabinet Clemenceau; à sa gauche : M. le Maréchal Foch; M. Raoul Péret, Président de la Chambre des Députés; M. le Maréchal Pétain; M. Georges Leygues, ancien Ministre du Cabinet Clemenceau; M. de Selves, ancien Ministre des Affaires étrangères, ancien Préfet de la Seine.

Lorsque les applaudissements & les acclamations ont pris fin, M. Adrien Oudin, Président du Conseil Municipal, déclare la séance solennelle ouverte.

Les discours suivants sont prononcés.

DISCOURS DE M. ADRIEN OUDIN,

PRÉSIDENT DU CONSEIL MUNICIPAL.

MESSIEURS,

Le 11 novembre 1918, alors que le canon annonciateur de l'armistice & de la victoire avait à peine fini d'emplir de sa grande voix le ciel de Paris en fête, la Chambre des Députés, fidèle interprète des sentiments de la Nation, déclarait, dans un indescriptible élan d'enthousiasme, que :

Les Armées & leurs Chefs,

Le Gouvernement de la République,

Le citoyen Georges Clemenceau, Président du Conseil, Ministre de la Guerre,

Le Maréchal Foch, Généralissime des armées alliées,

avaient bien mérité de la Patrie (Applaudissements prolongés), *& décidait que le texte de cet hommage serait gravé dans toutes les mairies & dans toutes les écoles de la République.*

Quinze mois après, à la veille du jour où M. Raymond Poincaré allait abandonner ses hautes fonctions, le Parlement décernait à celui qui restera le Président de la guerre le même solennel hommage. (Applaudissements prolongés.)

C'est la volonté de la Représentation nationale que nous exécutons en inaugurant aujourd'hui dans notre Salle des Séances cette double plaque dédiée aux grands artisans de la victoire libératrice.

A ce moment tombent les voiles de soie qui dissimulaient les deux plaques. (Applaudissements prolongés.)

Il nous est doux de les honorer, ou plutôt, selon le beau mot d'Abraham Lincoln que rappelait naguère M. Clemenceau, «de nous honorer d'eux en perpétuant au milieu de nous le souvenir de leurs bienfaits & leur exemple». Combien nous sommes heureux de pouvoir leur adresser à tous le témoignage de notre admiration & de notre gratitude : au Chef d'État, au Chef & aux Membres du Gouvernement, au Généralissime & aux Représentants hautement qualifiés de l'Armée de la Grande Guerre, — tous entrés vivants dans l'Histoire ! (Vifs applaudissements.)

L'Armée de la Grande Guerre, Meſſieurs! Que de visions émouvantes ces simples mots font surgir du fond de nos mémoires! C'eſt d'abord la mobilisation, fiévreuse & méthodique, démentant par son unanimité & sa ferveur je ne sais quelles prophéties peſſimiſtes, élevant d'un bond l'âme française à cette hauteur de confiance dont pas un inſtant, en dépit des coups les plus cruels de la fortune, elle ne descendra.

Les plaques consacrées par le Parlement aux Artisans de la Victoire.
(Photographie Meurisse.)

Ce sont les revers des premières semaines; c'eſt l'immortelle manœuvre en retraite, égale aux plus belles victoires; c'eſt le foudroyant retour de la Marne, où l'on ne sait ce qu'il faut le plus admirer, de la force d'âme & de la longue patience qui font le génie du Maréchal Joffre, de la rapidité avec laquelle les chefs de nos armées dégagent les leçons de l'insuccès & s'adaptent aux formes nouvelles de la guerre, de la merveilleuse intelligence du soldat ou de son sublime eſprit de sacrifice. Puis

Les personnalités officielles écoutant M. Adrien OUDIN prononçant son discours.

M Raymond POINCARÉ a à sa droite : M. Georges CLEMENCEAU; M. Léon BOURGEOIS, Président du Sénat; MM. PAMS, LE TROCQUER, Paul JOURDAIN, anciens Ministres du Cabinet Clemenceau; à sa gauche : M. le Maréchal FOCH; M. Raoul PÉRET, Président de la Chambre des Députés; M. le Maréchal PÉTAIN; M. Georges LEYGUES, ancien Ministre du Cabinet Clemenceau; M. DE SELVES, ancien Ministre des Affaires étrangères, ancien Préfet de la Seine.
Derrière le Maréchal FOCH se trouve Mgr AMETTE, Archevêque de Paris, qui a à sa droite le Général MANGIN, à sa gauche M Israël LÉVI, Grand Rabbin ce France.

(Photographie Harlingue.)

c'eſt l'interminable période de la guerre de tranchées où le soldat français ajoute à ses vertus légendaires, — le mordant, l'impétuosité, la bravoure, — ces vertus nouvelles : la conſtance, la ténacité, l'endurance. C'eſt la victoire défensive de l'Yser. C'eſt l'offensive d'Artois où se révèle le Général Pétain, aujourd'hui Maréchal de France, qui reſtaura à une heure critique le moral de l'armée &, dans un ordre du jour célèbre, lança à nos poilus ces mots magiques dont un avenir prochain devait faire une triomphante réalité : «Courage, on les aura!» (Vifs applaudissements.) C'eſt la première attaque de Champagne; c'eſt l'enfer de Verdun; c'eſt la fournaise de la Somme; c'est la seconde offensive de Champagne, qui faillit forcer la victoire définitive; c'eſt la nouvelle ruée allemande menaçant tour à tour Amiens, Calais, Paris, & puis cette semaine solennelle de juillet 1918 où, l'Allemagne ayant épuisé son effort tandis que nous avions ménagé le nôtre, le fléau de la balance peu à peu se redreſſe, penche de notre côté, lentement d'abord, mais irrésiſtiblement & de plus en plus vite. C'eſt enfin cette incomparable série de victoires qui sonnent le glas de la puiſſance germanique & aboutiſſent à sa capitulation. (Salve d'applaudissements.)

Mais, par-deſſus tout, c'eſt, à travers les poignantes péripéties de ce drame immense, une floraison ininterrompue d'héroïsme & d'abnégation, une fraternité d'armes reſſerrée chaque jour par l'épreuve & par la souffrance, une discipline ſtricte librement consentie, un ardent amour de la Patrie & un sens profond de l'humanité; c'eſt la plus belle armée de tous les temps & de tous les peuples. Saluons, Meſſieurs, c'est l'Armée française. (Bravos. — Applaudissements répétés.)

Une telle armée, Monsieur le Maréchal, méritait un chef tel que vous. Tout vous préparait & en quelque sorte vous prédeſtinait à la conduire à la victoire : votre génie naturel, fait d'audace & de prudence, de raison & de volonté, votre profonde connaiſſance du soldat, votre longue méditation des modèles de l'art de la guerre, & ce patriotisme paſſionné qui eſt l'inſpiration de votre vie entière.

Vous donnez votre mesure dès les premiers jours, lorsque, inveſti sur le champ de bataille du commandement de la IXᵉ Armée, vous provoquez par une manœuvre hardie l'événement d'où sortira la victoire. Vous préludez ensuite au rôle qui sera le vôtre en coordonnant l'action des troupes alliées chargées de contenir la pouſſée allemande vers la mer, &, à force d'énergie & d'obſtination, vous arrêtez les Allemands sur l'Yser. Vous eſſayez sur la Somme une nouvelle méthode d'offensive qui remporte de brillants succès, sans cependant arracher encore la décision;

patiemment, savamment, vous mettez au point une méthode nouvelle, & lorsque l'ennemi se croit sûr du triomphe, tous vos moyens enfin réunis, vous déclenchez l'offensive suprême qui, en quelques semaines, le réduira à demander grâce. «La victoire, aviez-vous écrit, va toujours à ceux qui la méritent par la plus grande force de volonté & d'intelligence.» Notre victoire, Monsieur le Maréchal, porte votre signature. (Applaudissements prolongés.)

Meſſieurs, le 29 novembre 1875, un Président, nouvellement élu par le Conseil Municipal de Paris, prononçait de ce fauteuil ces paroles :

«Ce que nous revendiquons comme la gloire propre de Paris, c'eſt la soif de l'action, au sens viril & légitime du mot, c'eſt la paſſion du dévouement & du sacrifice. Quelle ville peut montrer de plus glorieuses bleſſures? Quelle ville a plus souffert pour le droit, la juſtice & la liberté? Naguère encore, qui de nous peut avoir oublié cette heure terrible où Paris, devant une cataſtrophe effroyable, sentit monter son courage & résolut de sauver l'honneur? Il ne lui manqua qu'un chef pour sauver la Patrie.»

Comment le Président du Conseil Municipal d'aujourd'hui pourrait-il diſſimuler l'indicible émotion qui l'étreint au moment où il s'incline devant celui qui parla de cette place avec cette âpre & sobre vigueur, il y a quarante-cinq ans? Comment pourrait-il oublier que le Président de 1875 était M. Georges Clemenceau? Le deſtin vengeur a voulu que la France de la Grande Guerre trouvât en lui le chef qui avait manqué à la France de 1870. (Ovation prolongée.)

Meſſieurs, c'eſt l'immortel honneur de M. Georges Clemenceau d'avoir osé, en cet inſtant tragique où la fortune de la France était en suſpens, aſſumer le rôle d'un chef, d'avoir, par la contagion de son exemple, galvanisé les énergies, élevé les cœurs à la hauteur des sacrifices néceſſaires, raſſemblé en un faisceau serré toutes les forces morales de la Nation. Président du Conseil, Miniſtre de la Guerre, tout son programme a tenu dans ce mot : la guerre; tout son idéal dans cet autre mot : la France. C'eſt grâce à lui, grâce au Gouvernement qu'il présida, que l'héroïsme de nos soldats a pu porter ses fruits magnifiques. Il a dès aujourd'hui sa place marquée parmi les Pères de la Patrie. (Salve d'applaudissements.)

Soldats qui m'écoutez, n'avez-vous pas gardé le souvenir de ces visites aux tranchées au cours desquelles le Miniſtre de la Guerre, oublieux de son âge & de l'état de sa santé, venait parmi vous comme pour puiser des forces & une jeuneſſe nouvelles

& vous laißait en échange son indomptable confiance? C'eft alors qu'aux longues veillées noires, les fusées éclairantes surprenaient parfois un sourire sur le visage grave du guetteur au pofte d'écoute, tandis que les camarades étendus dans leurs misérables abris, reposant plus calmes, confondaient & voyaient paßer dans un même rêve de triomphe la sublime épopée des ancêtres & l'apothéose promise. (Applaudissements prolongés.)

En M. Raymond Poincaré, nous saluons le Chef d'État, qui, au pofte suprême où l'appela la confiance des Élus de la Nation, personnifia devant l'Étranger la France combattant pour l'exiftence au cours de la plus dramatique mêlée de l'Hiftoire. (Très bien.)

Nous savons quelles furent les patriotiques angoißes de ce Lorrain à l'heure où l'Allemagne, croyant enfin réaliser son rêve d'hégémonie, allumait l'immense incendie à travers le monde. Nous le revoyons à son retour de Rußie, en cette journée de juillet 1914 où, la physionomie douloureuse à la pensée de l'atroce guerre menaçante, des larmes qui allaient couler, des deuils qui devaient briser tant de bonheurs, il paßait à travers un peuple frémißant & fiévreux qui, depuis un demi-siècle, avait tout sacrifié à son amour de la paix & qui, debout dans sa fierté, après tant d'outrages & de provocations, semblait interroger les regards clairs & lointains de son Président pour y lire la froide résolution de ne pas subir l'humiliation suprême. (Vifs applaudissements.)

Évoquant ces cinq années de guerre, nous n'oublions pas que le Président Poincaré les vécut toutes, minute par minute, intimement aßocié aux hommes qui avaient la charge de nos deftinées, exerçant sur les gouvernements qui se succédaient, & dans la ftriĉte limite de ses devoirs conftitutionnels, une discrète mais combien décisive influence, représentant la permanence de la France ferme dans sa politique & inébranlable dans sa volonté de tenir. (Applaudissements.) Nous nous rappelons ces accents de haute éloquence qu'il fit entendre sur tous les points du territoire, à l'arrière, sur le front, tout près des lignes ennemies, fortifiant le moral de la Nation au labeur, au combat, — insufflant à tous, à l'heure où de faibles cœurs doutaient, sa foi profonde dans le triomphe de la Patrie. (Vifs applaudissements.)

Quant à nous, Parisiens, nous gardons le souvenir de tant de témoignages de sollicitude donnés à notre vaillante population, que frappaient les obus & les bombes. Le jour, tandis que tonnait la Bertha, la nuit, pendant les raids de Gothas, au chevet des bleßés dans les hôpitaux, près des familles pleurant leurs morts, le Président Poincaré sut trouver les paroles de consolation & de réconfort, leur exprimant à tous la grande pitié de la France. (Applaudissements.)

Président pendant toute la guerre, égal à tous les devoirs de sa haute charge, M. Raymond Poincaré apparaîtra devant l'Hiſtoire comme le Président de la Victoire. (Ovation prolongée.)

La Victoire, Meßieurs, ce mot ailé a un sens identique pour tous les Français; mais pour nous, Parisiens, il revêt une plénitude & une valeur particulières.

Nous avons la fierté de savoir que Paris, où rayonnent la pensée & l'énergie françaises, eſt un des berceaux sacrés de la civilisation. Et l'ennemi le savait bien außi, qui visait de toute sa rage meurtrière à l'anéantißement de Paris, sûr de frapper d'une double atteinte mortelle, au cerveau & au cœur, la coalition nouée contre sa barbarie. En sauvant la Capitale, Meßieurs, vous n'avez pas seulement préservé nos foyers & nos monuments, nos beautés & nos richeßes, nos souvenirs & nos espérances; vous avez laißé debout la forterеße du Droit & de la Liberté. (Vifs applaudissements.) Et c'eſt pourquoi les Élus de la Cité inviolée ont voulu que fußent placées dans cette Salle des Séances, où se débattent les grands intérêts de Paris, ces plaques consacrées à votre gloire. C'eſt là qu'elles demeureront — demain, toujours! — sous les regards de nos plus lointains succeßeurs, solennel & durable témoignage de vos vertus & de notre reconnaißance! (Applaudissements prolongés.)

DISCOURS DE M. A. AUTRAND,

PRÉFET DE LA SEINE.

MESSIEURS,

Les Représentants de Paris ont connu la joie de célébrer, dans une suite de journées mémorables, les plus émouvants aspeēts de la Victoire.

Dans les Chefs des États alliés, ils ont acclamé les Nations unies à nous pour le triomphe comme elles l'avaient été pour la lutte. Sous les feux du soleil de juillet, moins ardent que leur enthousiasme, ils ont couronné d'un présent symbolique le génie de nos grands Capitaines. S'avançant, le lendemain, au-devant de la Porte de Gloire, ils ont vu apparaître, sous la forêt mouvante des étendards criblés de bleſsures, le cortège de nos héros.

Enfin ce fut Paris lui-même, mis à l'honneur & récompensé de l'insigne des braves, pour s'être montré dans l'épreuve magnifiquement digne de la France. (Vifs applaudissements.)

Ces cérémonies grandioses s'achèvent par un acte d'une simplicité éloquente, où s'affirmera la communion de la Capitale & du pays dans l'hommage aux ouvriers de l'œuvre ſplendide.

Le législateur a ordonné que, dans chaque maison commune, une inscription perpétuât le souvenir de leurs titres à la reconnaiſsance publique. Paris exécute les deux lois de juſtice qui ont répondu, comme un écho fidèle, à la voix de la conscience nationale. (Applaudissements.)

Avec une concision saisiſsante, le texte légal énumère ceux auxquels la Patrie, délivrée d'un affreux péril, eſt redevable de son salut. Et, dictant par avance son verdict au tribunal de l'Hiſtoire, c'eſt aux Soldats qu'il donne la première place parmi les sauveurs de nos deſtinées. (Vifs applaudissements.)

La glorification des Armées, c'eſt la glorification des millions de Français qui, accourus du travail au combat, ont, pendant quatre années, par leur merveilleux courage & leur indomptable ténacité, fait l'admiration du Monde. Dans cent batailles désormais légendaires, ils se sont couverts d'une renommée immortelle. (Vifs applaudissements.) Ils ont enduré, avec un ſtoïcisme farouche, des souffrances indescriptibles. Ils ont traversé, soutenus par leur foi dans le succès de la cause du Droit, les alternatives de la lutte interminable & meurtrière sans une défaillance. C'eſt auſsi le pieux hommage rendu à la misère des captifs, au sacrifice des morts, de ces innombrables victimes qui dorment dans les cimetières du front, sous le sol étranger ou dans les profondeurs de l'Océan. Ce sont nos combattants de terre & de mer, tous semblables par l'abnégation & la bravoure, réunis dans la même apothéose. (Applaudissements prolongés.)

Sur le même plan que les Armées, le Parlement a placé ceux qui les avaient commandées. Il a ainsi reconnu la dette immense contractée par le Pays envers les Chefs qui ont appliqué les reſsources de leur science, les trésors de leur patiente

M. A. AUTRAND

PRÉFET DE LA SEINE

(Photographie Pirou, rue Royale.)

M. A. AUTRAND

PRÉFET DE LA SEINE

(Photographie Piron, rue Royale.)

M. A. AUTRAND, Préfet de la Seine, prononçant son discours.

(Photographie Henri Manuel.)

4.

énergie, non seulement à résoudre les problèmes tactiques & stratégiques d'où dépendait l'issue des batailles, mais encore à maintenir chez leurs troupes ce ressort moral, condition inéluctable du triomphe définitif. (Applaudissements.)

Puis la loi a fixé d'un trait ineffaçable la part qui, dans cette exaltation de tous nos libérateurs, revient au Gouvernement de la République.

C'est la République qui a forgé l'outil de la victoire. (Vifs applaudissements.) *Elle l'a forgé, en élevant pendant un demi-siècle les enfants de France dans le culte des principes de justice & de liberté, dans l'attachement aux devoirs supérieurs qui s'imposent à des citoyens libres, dans la conscience des droits imprescriptibles de l'être pensant & dans le respect de la dignité humaine. Elle l'a forgé, en entretenant la flamme du patriotisme, en restant fidèle à la mémoire du plus illustre de ses fondateurs, de celui qui nous avait adjurés de penser toujours aux provinces perdues.* (Vifs applaudissements.) *Et c'est parce que la République avait conquis dans l'Univers une incomparable situation morale, que la France, devenue le centre de ralliement des forces de la Civilisation menacée, a vu les Nations libres lui apporter le secours de leurs vaillantes épées.* (Applaudissements.) *Si les puissances d'oppression ont été irrémédiablement détruites, qu'est-ce à dire sinon que, de la gigantesque mêlée, est sorti vainqueur le radieux idéal que la République nous avait appris à chérir?* (Vifs applaudissements.)

La Municipalité de Paris se tourne maintenant avec émotion vers les trois grands Français qui ont été désignés par la loi à la gratitude de la Nation.

Entre la Capitale & le citoyen Georges Clemenceau existent des liens d'une force telle qu'on n'imagine pas qu'ils puissent jamais se rompre. C'est à Paris qu'il a achevé sa formation intellectuelle & que les tendances caractéristiques de son esprit, le goût de la philosophie sociale, l'amour de la justice, se sont immuablement affirmés. C'est à Paris qu'il a vécu les jours désolés de l'Année terrible & qu'il a reçu la première investiture du suffrage universel. (Applaudissements.)

C'est comme Député de Paris à l'Assemblée nationale de 1871, qu'aux côtés de Victor Hugo, de Gambetta, de Louis Blanc, de Keller, il a pris place dans le bataillon sacré de ces protestataires dont, resté seul debout, il devait avoir la joie inouïe d'exécuter le vœu de réparation & de justice. (Applaudissements prolongés.) *Enfin, au pôle opposé de sa carrière, c'est lui qui, comme Ministre de la Guerre, a cité à l'ordre de l'Armée ce Paris qui, par « sa vaillance ferme & souriante* sous les bombardements», avait «ajouté à sa gloire séculaire des titres impérißables». (Très bien. — Applaudissements prolongés.)

Mais ce n'eſt pas à un point de vue particulariſte que nous devons nous placer en ce jour. C'eſt moins comme Parisiens que comme Français que nous évoquons l'œuvre admirable accomplie par M. Georges Clemenceau, au tournant décisif de la Grande Guerre.

Il eſt venu au pouvoir comme l'homme du Deſtin, à l'heure critique où l'ennemi, déseſpérant de vaincre par la force, s'eßayait à la ruse & cherchait, par l'appât trompeur d'une paix sans honneur, à jeter l'incertitude dans les eſprits. Il y eſt venu avec le patriotisme brûlant qui a fait l'unité foncière de son exiſtence, à travers les formes si diverses d'aⷣion où elle s'eſt trouvée mêlée. Ce sentiment profond, sans ceße ravivé chez lui par le souvenir amer de nos anciennes défaites, eſt, pour M. Georges Clemenceau, la règle d'or à laquelle il a conſtamment rapporté ses déterminations eßentielles d'homme public. C'eſt ce sentiment paßionné qui lui a diⷣé le mot d'ordre vibrant de « la guerre intégrale » & ces paroles décisives, jetées au pays anxieux : « Je fais la guerre. » — « Mon but, c'eſt d'être vainqueur ! » (Ovation prolongée.)

Ayant ainsi réconforté les âmes, le Président du Conseil, Miniſtre de la Guerre, a poursuivi sa route avec une inflexible résolution, les yeux fixés sur l'étoile de la France dont aucune brume paßagère ne voilait pour lui la clarté. Impreßionnés par sa volonté, les Alliés ont été entraînés à sa suite vers le terme glorieux qu'il nous avait prédit & où nous attendait ce ſpeⷣacle sublime : l'effacement de la grande iniquité de l'Hiſtoire; la France, une & indivisible, serrant sur son cœur enfin consolé ses enfants d'Alsace & de Lorraine. (Vifs applaudissements.)

Au chef de Gouvernement qui a guidé la Nation dans la voie du salut se trouve aßocié l'homme de guerre dont la science a déjoué les plans du formidable adversaire. Le nom de Foch, tout reſplendißant de la gloire que lui avaient value les retentißants faits d'armes de la Marne & de l'Yser, s'eſt paré d'un nouveau & preſtigieux éclat dans cette bataille de deux cent trente-cinq jours où s'eſt décisivement fixé le sort de la Civilisation. D'abord grisé par des avantages éphémères, l'ennemi, frémißant de rage, a dû subir la supériorité du génie français. Les élèves de l'Académie de Berlin ont trouvé leur maître; les succeßeurs de De Moltke, fiers de leurs succès faciles sur le front oriental, ont connu à leur tour l'humiliation de la déroute. Avec une méthode implacable, une maîtrise sûre d'elle-même, le Maréchal Foch multipliait les coups de marteau jusqu'à ce que se soit écroulé le système de défense où l'adversaire avait mis son orgueilleuse sécurité. Et, le lendemain de l'armistice, lorsque l'aube joyeuse de la journée du 12 novembre a lui, le Généralissime des Armées alliées a pu annoncer à ses troupes, dans un ordre du jour

M. Raymond POINCARÉ quitte l'Hôtel de Ville.

(Photographie Henri Manuel.)

inoubliable, qu'elles avaient « gagné la plus grande bataille de l'Histoire » & « sauvé la cause sacrée de la liberté du Monde! » (Ovation prolongée.)

Entre les Français proposés solennellement en exemple aux générations futures, les Chambres ont inscrit le nom de M. le Président de la République Raymond Poincaré. Elles ont décrété qu'il avait bien mérité de la Patrie. (Vifs applaudissements.) Ce témoignage s'est accordé unanimement au sentiment national. Paris y a applaudi.

Les personnalités officielles quittant l'Hôtel de Ville traversent la cour Louis XIV.

(Photographie Henri Manuel.)

C'eſt qu'il a rendu juſtice à l'autorité incomparable, à la dignité si parfaite avec laquelle le grand Lorrain a, pendant des années douloureuses, représenté le pays, à l'eſprit de prudence avisée qu'il a fait régner dans les Conseils du Gouvernement, à son apoſtolat inceſſant qui, par des discours où la pensée de la France trouvait son expreſſion la plus continue & la plus haute, animait les énergies, à sa foi tranquille & inébranlable en la victoire finale. (Vifs applaudissements.) *C'eſt auſſi parce que Paris a gardé le souvenir vivant de la part conſtante qu'a prise le Préſident de la République à ses dures épreuves, de sa sollicitude, dans ces heures siniſtres & effroyables, envers les malheureuses victimes des torpilles aériennes & du canon monſtrueux, de sa présence inſtantanée sur le lieu du désaſtre, dans les hôpitaux, où elle consolait la souffrance & réconfortait les âmes.* (Applaudissements.)

Jusqu'au bout, cette amitié privilégiée pour la Cité s'eſt manifeſtée d'une façon éclatante. Et si, dans les derniers mois de son septennat, à la veille d'abandonner la première magiſtrature de la République, entouré de la reconnaiſſance de la Nation, M. Raymond Poincaré a célébré éloquemment les villes martyres, c'eſt peut-être de Paris, en lui remettant l'emblème de la vaillance & de la gloire, qu'il a fait l'éloge le plus pénétré d'émotion, le plus digne de la Capitale de la France. (Vifs applaudissements.)

Messieurs, la volonté du légiſlateur eſt obéie. Les inscriptions en l'honneur des Artisans de la Victoire sont apposées à l'Hôtel de Ville de Paris. Placées dans cette Salle des Séances, elles seront pour les Aſſemblées un rappel permanent à l'union & à la concorde pour le bien public dans le souvenir de nos gloires communes. Elles commémoreront cette époque unique de notre Hiſtoire où, pour reprendre la noble parole du Préſident de la République Raymond Poincaré au 1ᵉʳ août 1914, il n'y avait plus de partis, mais seulement la France éternelle. (Applaudissements prolongés.)

Après ces discours, M. le Président Adrien Oudin lève la séance. De nouveaux cris de « Vive Poincaré ! », « Vive Clemenceau ! », « Vive Foch ! » se font entendre. A ce moment, la musique de la Garde républicaine joue l'*Arc de Triomphe*, de Balay.

Le cortège officiel quitte la Salle des Séances du Conseil Municipal pour se rendre dans le Salon des Lettres, des Sciences & des Arts. Il est suivi de tous les invités de la Municipalité. Devant le buffet aménagé dans le Salon des Lettres, des Sciences & des Arts, M. Adrien Oudin porte ce toast :

MESSIEURS,

Je vous propose de lever vos verres en l'honneur de nos hôtes glorieux, en l'honneur de M. le Président Raymond Poincaré, de M. le Président Georges Clemenceau, de M. le Maréchal Foch, en l'honneur de la délégation de l'Armée française &, pour porter un simple toast, je vous demande de boire à la France victorieuse! (Vifs applaudissements.)

Et à la Ville de Paris! — ajoute M. Raymond Poincaré.

Le quatuor Poulet, composé de MM. Gaston Poulet, Henri Giraud, Émile Macon & Louis Ruyssen, auquel Mlle Emma Boynet prête son concours, fait entendre les morceaux suivants :

1. Allegro............................. Alexis DE CASTILLON.
   Pour piano & instruments à cordes.
2. Scherzo............................. X.
3. Adagio & intermezzo.... .... Ernest CHAUSSON.
4. Final.............................. Ernest CHAUSSON.
5. Final.............................. Alexis DE CASTILLON.
   Pour piano & instruments à cordes.

La Garde républicaine exécute ce programme :

1. Marche du *Songe d'une nuit d'été*.............. MENDELSSOHN.
2. Airs de danses dans un style ancien........... Léo DELIBES.
   a. Gaillarde ;
   b. Pavane.
3. Sérénade............................ V. JONCIÈRES.
4. *L'Arlésienne* (1re suite) .... G. BIZET.
   a. Prélude ;
   b. Minuetto.

Après le concert, MM. Raymond Poincaré, Georges Clemenceau & le Maréchal Foch quittent le Salon des Lettres, des Sciences & des Arts, accompagnés par les Représentants de la Municipalité, traversent la galerie Galand, descendent l'escalier d'honneur, tandis que retentissent les sonneries de fanfares de la Garde républicaine, pénètrent dans la cour Louis XIV & sont reconduits jusqu'au parvis. Au moment où ils montent dans leurs voitures, la foule, massée sur la place de l'Hôtel-de-Ville, les acclame longuement.

A 4 heures & demie, la cérémonie est terminée.

TABLE DES PLANCHES ET GRAVURES.

TABLE DES MATIÈRES.